LES PREMIERS VERS

DE

F. DE MALHERBE

TRADUCTION

DE L'ÉPITAPHE DE GENEVIÈVE ROUXEL

Publiés d'après le Manuſcrit de Jacques de Cahaignes

par

F.-G.-S. TREBUTIEN

CAEN

IMPRIMERIE DE F. LE BLANC-HARDEL

Rue Froide, 2 & 4

M D CCC LXXII

LES PREMIERS VERS

DE

F. DE MALHERBE

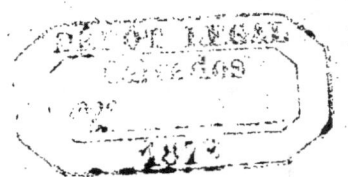

LES PREMIERS VERS

DE

F. DE MALHERBE

TRADUCTION

DE L'ÉPITAPHE DE GENEVIÈVE ROUXEL

Publiés d'après le Manuscrit de Jacques de Cahaignes

par

F. G. S. TREBUTIEN

CAEN

IMPRIMERIE DE F. LE BLANC-HARDEL

Rue Froide, 2 & 4

M D CCC LXXII

AVERTISSEMENT.

Au moment où G.-S. Trebutien mourait, le 23 mai 1870, il laiſſait en épreuves un travail relatif à Geneviève Rouxel & aux premiers vers de Malherbe.

Nous avons voulu ſauver de l'oubli cette curieuſe page d'hiſtoire locale, & nous l'offrons aujourd'hui aux amis de la littérature normande. C'eſt un dernier hommage que nous avons tenu perſonnellement à rendre à l'homme de ſcience & de goût que la ville de Caen a perdu.

L'Éditeur,

F. LE BLANC-HARDEL.

LES PREMIERS VERS
DE F. DE MALHERBE.

Out ce qui eft forti de la plume de Malherbe intéreffe ceux qui ont encore l'amour des lettres normandes, & nous particulièrement, fes compatriotes. Caen fe glorifiera toujours de fon grand poëte.

> Hic etiam primis feriit vagitibus auras
> Ille MALERBŒUS, quem Gallicus orbis adorat
> Carminis ut numen patrii, cui afferit una
> Et Venufina chelys, Thebani & gloria pleări.

L'abbé De La Rue, à la fin de fon troifième volume des Bardes (page 354), avait mentionné, comme fe trouvant dans un manufcrit du doƈteur Jacques de Cahaignes, la traduƈtion en vers par Malherbe, alors âgé de vingt ans, d'une épitaphe compofée en latin par le même Cahaignes. M. Ludovic Lalanne, éditeur du Malherbe, dans la Collection des grands écrivains de la France, publiée par la maifon Hachette, cite le paffage de l'abbé De La Rue & ajoute : « On ne fait à Caen, du moins c'eft la réponfe qui m'a été faite, où l'on peut trouver cette pièce. » Heureufement M. Lalanne a été mal informé. Le précieux manufcrit qui la renferme exifte toujours & fe trouve en la poffeffion de l'ancien éditeur normand, M. B. Mancel, qui a bien voulu m'autorifer à publier cette petite relique littéraire, que l'on croyait perdue & que l'on pourra déformais joindre aux œuvres du grand poëte réformateur.

Indépendamment de l'intérêt que cette pièce peut avoir par elle-même comme offrant les premiers vers connus & authentiques de Malherbe, elle fe rattache à un événement dont fe préoccupa toute la cité & furtout le monde littéraire. C'eft un curieux & intéreffant épifode de l'hiftoire domeftique du temps, s'il m'eft permis d'employer ce mot dans le fens latin. Caen, on le fait, pofféda à la fin du XVIe fiècle une pléiade d'hommes remarquables dans tous les genres : les Antoine Halley, les Vauquelin de la Frefnaye, les Jacques de Cahaignes, & les autres. Mais, parmi ces hommes, il en eft un qui fut particulièrement célèbre : Jean Rouxel, poëte latin, orateur & jurifconfulte. « Caen n'a peut-être point eu de « citoyen dont le nom lui ait été plus glorieux que celui « de Jean Rouxel », dit Huet, qu'il faut toujours citer quand il s'agit de nos illuftres. « Car, encore que d'autres « lui foient préférables pour l'élévation de l'efprit, « néanmoins aucun autre n'a été orné de tant de belles

« connaiſſances & n'a tant acquis de réputation parmy les
« ſavans de ſon ſiècle. » Rouxel mourut en 1586. « Il fut
« honoré après ſa mort », dit encore Huet, « des Eloges
« de pluſieurs des plus celebres hommes de ſon ſiècle
« dans les belles-lettres. Car, ſans parler de ceux de ſon
« païs, on voit parmy eux les noms de Scévole de Sainte-
« Marthe, de Dorat, de Critton, & de Frederic Morel.
« Jacques de Cahaignes, profeſſeur royal en medecine
« dans l'Univerſité de Caen, recita publiquement ſon
« Oraiſon funebre, honneur qui n'avoit jamais eté fait au-
« paravant à aucun de cette Univerſité. » Le bon médecin
s'écriait dans ſa péroraiſon, où l'on ſent vraiment l'éloquence du cœur : *Amiſimus principem Eloquentiæ, pa-
trem Poeſeos, oraculum Juris.*

Rouxel mourut peu de temps après Ronſard. Sa mort
fut conſidérée comme une auſſi grande perte pour la poéſie
latine que celle du chantre de Francus pour la poéſie
françaiſe. Cahaignes diſait dans ſes *Lachrymæ :*

> *Viuet Ronſardus, viuet Ruxelius, idem*
> *Quos nuper nobis annus pene abſtulit ambos*
> *Doctrina æquales, ambos certare peritos*
> *Verſibus hunc Latiis, Patriis ſub verſibus illum...*

Vauquelin alla bien plus loin encore dans ſon épitaphe :

> *Rouſſel, Caen te deuoir confeſſe*
> *Autant que Rome à la memoire*
> *De ſon Virgile, & qu'à la gloire*
> *De ſon Homere doit la Grece.*

Rouxel eut une nièce, appelée Geneviève ; c'était la fille de fon frère aîné Guillaume. Il femble que la nature s'était plue à la combler de tous fes dons : elle avait la beauté, le génie poétique & les plus rares talents comme muficienne. Une mort prématurée l'enleva au monde & à l'affection des fiens. Jean Rouxel, dans une épitaphe latine qu'il lui confacra, a fait un beau & touchant réfumé de fa vie.

« Iffue d'une très-honorable famille, elle était douée
« d'un efprit en quelque forte incroyable, d'une aptitude
« remarquable & prefque divine pour la poéfie & la
« mufique, d'une fermeté d'âme fingulière, de mœurs
« très-douces, d'une piété exemplaire, d'une grande
« beauté, d'une modeftie parfaite. Parvenue à fa vingt-
« quatrième année, elle avait eu jufque-là un tel éloigne-
« ment pour le mariage, qu'elle n'avait pu y être amenée,
« ni par les prières de fes amis, ni par les avantages que
« lui offraient ceux qui recherchaient fa main. Ayant
« détaché fon efprit des chofes d'ici-bas pour l'élever à
« l'étude de la célefte fageffe, elle rendit le dernier fouffle
« de fa vie dans les embraffements d'une mère chérie,
« après avoir demandé le pardon de fes fautes... »

« *O vierge, tu as vécu pour le Chrifl, tu as vécu pour la Mufe ; le Chrifl te défend de mourir, la Mufe te le défend auffi.* »

La mort foudaine d'une perfonne auffi accomplie, & appartenant par des liens auffi étroits à un homme comme Rouxel, produifit une grande fenfation dans la ville. Elle arriva dans des circonftances qui ajoutèrent encore au

fentiment public. Il paraît que Geneviève, malgré fa vie
fi pure, qui aurait dû la préferver de toute atteinte, fut
l'objet de graves calomnies. Quelle en était la nature?
Il eft plus facile aujourd'hui de le fuppofer que de le
dire avec certitude. Du moins, on peut en rechercher
l'origine.

« Quelle chofe eft tant fainte & prife, s'écriait Jacques
de Cahaignes dans fon Oraifon funèbre de Rouxel, que
l'envie ne s'efforce de diffamer & une méchante langue
de fouiller? Car, comme nous ne pouvons marcher fans
ombre en la clarté d'un beau foleil, ainfi ne pouvons
acquérir gloire ni renom fans qu'elle foit ombragée de
quelque envie. » La gloire de Rouxel ne pouvait donc
manquer de lui faire des jaloux & des détracteurs. D'autres
caufes vinrent encore s'y ajouter. « Lorfque MM. Le
Jumel de Lifores & Auzeray, prefidents au Parlement de
Rouen, & Jean Vauquelin, lieutenant au Bailliage de
Caen, furent deputez pour reformer l'Univerfité & la
remettre à fon priftin eclat, ils inftituerent Rouxel pre-
mierement profeffeur du Roy en l'eloquence & en la philofophie, & depuis aux Loix. Car, comme ils etoient en
peine de faire une leçon en humanité, & l'autre en droit,
ils le trouverent feul digne de l'un & de l'autre. »

Rouxel répondit dignement à la confiance qu'on avait
eue en lui & rendit à l'Univerfité fon ancienne fplendeur.
Il attira un concours immenfe d'auditeurs, parmi lefquels
on compta les perfonnages du temps. Mais il paraît qu'il
y avait eu de nombreux afpirants à la chaire de droit, à
laquelle, par parenthèfe, on avait défiré appeler le célèbre Cujas; tous furent profondément bleffés du choix

que l'on avait fait de Rouxel. Dans fa troifième harangue prononcée devant l'Univerfité, faifant allufion aux attaques dont il était l'objet, il difait : « Si j'en cherche la fource, je n'en trouve point d'autre que celle que j'ai prife d'interpréter le droit *(fufceptam juris interpretandi provinciam)*. Tant que je n'ai profeffé que l'éloquence & la philofophie, on n'a trouvé rien à dire contre moi. »

Parmi fes détracteurs, il y en eut un qui fe diftingua par fon acharnement. « Toutefois, dit encore Cahaignes, traduit par Vauquelin, un feul entre les autres hommes malin & injurieux, ne pouvant autre chofe faire, alloit par les carrefours & par les boutiques des artifans, inventant tousjours quelque chofe pour empefcher le cours de fon bon bruit & l'appeloit verfificateur, poëtaftre & picoreur de latin... »

C'eft évidemment contre cet ennemi que Rouxel compofa la pièce intitulée *In Livorem* & quelques autres infpirées par le même fentiment. « Il etoit facile à fe courroucer (on l'eût été à moins), ne pouvant reftreindre ni amoindrir les premiers mouvemens & bouillons de fon efprit. Il portoit impatiemment une injure & lors ne manquoit ni à fa langue ni à fa plume de forts & poignans efguillons defquels il paignoit au vif ceux qui l'avoient irrité. » Rouxel eut donc à lutter contre fes ennemis & dut être en butte à toutes leurs attaques. On fait jufqu'où peuvent aller la haine & la méchanceté humaines. Était-ce cet envieux implacable qui, non content de déchirer l'oncle, fe fit le calomniateur de la nièce ? C'eft le fentiment de notre ami M. Eugène de Beaurepaire, aujourd'hui confeiller à la Cour d'appel, &

l'homme fans doute qui connaît le mieux l'hiftoire littéraire de Caen à l'époque qui nous occupe. Il était encore
très-jeune quand notre héroïne (car je n'héfite pas à la
proclamer telle) attira tout fon intérêt. Il s'en occupa
d'abord dans une étude fur Jean Rouxel, publiée dans
le *Journal d'Avranches* des 9 & 16 feptembre 1849. Plus
tard il y revint dans fon article fur Vauquelin de la
Frefnaye, inféré dans la *Revue de Rouen & de Normandie*
de 1851. « Malheureufement, dit-il, Rouxel avait des
ennemis, & la haine de l'un d'eux, poëte incompris,
écrivain dédaigné, ne s'arrêta pas aux écrits ni même à
la perfonne du profeffeur; elle enveloppa dans les mêmes
attaques Geneviève Rouxel, fa nièce, & Jean Vauquelin,
fon ami. De quelle nature étaient ces odieufes calomnies? Nous ne le favons pas d'une manière pofitive;
mais d'après la colère contenue qui éclate dans les vers
de Rouxel, & en obfervant qu'elles jetèrent, pour un
moment, la divifion entre madame de la Frefnaye &
fon mari, il eft permis de conjecturer qu'elles fuppofaient
des relations coupables entre Geneviève Rouxel & le
préfident Vauquelin. Du refte, l'indignation de toute la
ville fit bonne juftice de cette diatribe furibonde & in-
fenfée; mais Geneviève, organifation faible & délicate, en
reçut une peine tellement profonde qu'elle ne s'en releva
pas. Elle mourut de douleur à l'âge de vingt-quatre ans.
Les deux poëtes fe confolèrent en la chantant dans leurs
vers. C'eft furtout dans ces œuvres, infpirées par la penfée
de la jeune fille abfente, qu'on peut juger de la gravité
de l'attaque à la vivacité de la réponfe. »

« Nul âge, s'écrie Geneviève dans une ode de fon oncle,

« ne taira mon nom tant que vivront les neuf Mufes,
« tant que La Frefnaye fera lu ; La Frefnaye le feul, à
« l'égal des Mufes, qui ne m'ait pas laiffé mourir tout
« entière. » Et plus loin : « Ainfi, il me paie des peines
« agréables, des expiations & des facrifices funèbres
« agréables, celui qui m'a fouillée des violences de fa
« bouche, & qui dans fon infamie m'a tuée fous le
« déshonneur ! car déjà je me réjouis de voir comme
« les Déeffes vengereffes le pourfuivent & l'enferrent en
« rapprochant de lui leurs torches. Non, quand il avoue-
« rait mille fois dans fes chants fa turpitude, les Furies
« ne lui feraient pas moins terribles jufqu'à ce que, réduit
« au gibet, il flotte fufpendu dans l'air ou que, dans fa
« colère, s'égorgeant de fes propres mains, il arrofe mon
« tombeau de fon fang... »

Quoi qu'il en foit, Rouxel fut très-fenfible à la mort de
fa nièce. Outre l'épitaphe dont j'ai déjà parlé, il lui
confacra une belle élégie qui, malgré toutes les rémi-
nifcences mythologiques, eft pleine d'une fenfibilité vraiment touchante. Un critique la déclara digne d'un poëte
du fiècle d'Augufte. On peut au moins, croyons-nous, la
regarder comme un des beaux fpécimens de la poéfie latine
moderne, & c'eft affurément le chef-d'œuvre de Rouxel.
Halley, la comparant aux Triftes d'Ovide, s'écriait :

> . . . . . *Doctæ quid funera dicam*
> *Ruxeliæ? Non ipfe tener Sulmonis alumnus*
> *Blandius Euxinis patriam fufpirat in oris.*
> *Tu quoque dum fleres abreptam morte fecunda*
> *Eurydicen coniux, potuifti carmine tali*

Exarmare feras rabie, curfumque ligare
Strymonis, auritafque alio traducere fyluas.

« La beauté, l'éclat de la jeuneffe, les charmes en-
« chanteurs, la vivacité de l'efprit, la vertu, les agréments
« du vifage, tout aurait dû toucher les cruelles Déeffes &
« les empêcher de couper fi prématurément le fil de ta
« vie. Une triple grâce avait orné tes membres naiffants
« & avait doué ta bouche enfantine d'une voix harmo-
« nieufe. A l'envi, les doctes Sœurs t'avaient prodigué
« leurs dons. L'une t'avait donné le barbiton, l'autre la
« lyre ; celle-ci le fiftre, celle-là le luth recourbé &
« l'ufage des inftruments de cuivre aux fons retentiffants.
« Elles t'en avaient fait bien d'autres encore. Ne t'avaient-
« elles pas donné de joindre les vers à la mufique, mais
« des vers tels que les aime notre Apollon ? Qui, je le
« demande, aurait pu ne pas aimer tant de talents réunis
« dans un feul être, tant de richeffes unies en toi ? Qu'y
« a-t-il d'étonnant fi les jeunes hommes recherchaient ton
« alliance, ceux-là même qui fe diftinguaient entre tous
« par leur nobleffe ? Ce qu'il y a d'étrange, c'eft que ton
« cœur fi tendre n'ait jamais cédé à leurs vœux ni aux
« avantages les plus féduifants ; & cependant quelle que
« fût la loi que tu leur euffes impofée, la foule de
« ceux qui afpiraient à ta main fe ferait toujours em-
« preffée de la fubir. Hippodamie n'excita pas davantage
« la prétention des prétendants dont fon cœur était
« le prix. Hippomène n'époufa pas avec plus d'ardeur
« Atalante, que, fuivant l'infpiration de la déeffe, il re-
« tarda dans fa courfe par une fraude innocente. Mais

« toi, tu n'étais nullement difpofée au mariage & il t'avait
« paru convenable de garder une perpétuelle virginité.
« Alors, tantôt l'amour des Mufes t'entraînait, ou enfin,
« ornant le fanctuaire du temple facré, tu apaifais le Dieu
« faint par tes prières fuppliantes. O combien de fois,
« répondant à ceux qui recherchaient ton alliance, as-tu
« dit : Ce cœur que vous demandez, un autre le poffède :
« j'ai confervé mon cœur au Chrift, je lui ai confacré
« ma vie; plus ne me refte à difpofer de la plus petite
« partie de ce cœur. Par là tu avais acquis l'honneur in-
« figne d'une âme chafte & pieufe, & tu mêlais la modeftie
« à une fouveraine piété. Que l'antiquité fe taife avec les
« exemples de fon ancienne chafteté, elle eft furpaffée de
« beaucoup par le tien... »

Cette Élégie eft fuivie d'une autre pièce intitulée *Eiufdem
Genouefæ Manes* & où Rouxel lance une imprécation des
plus violentes & toute païenne contre le calomniateur.
Une troifième, *Ad Apollinem*, malgré fa forme mytho-
logique, fe rapporte évidemment au même fujet. Je donne
en Appendice ces trois pièces, d'un intérêt capital pour le
fujet qui nous occupe; elles formeront comme un *Tumulus*
que je confacre à la mémoire de Geneviève Rouxel.

Tous les amis du célèbre profeffeur s'affocièrent à fa
douleur & exprimèrent leurs regrets de la mort de fa
nièce. En tête l'on doit citer Jacques de Cahaignes, qui
lui fut toujours fi dévoué & qui s'eft rendu lui-même
ce beau témoignage : *Nullum amici officium, dum ei vita
fuit, prætermifi.* Il compofa une longue épitaphe en
profe & en vers, qui fut gravée fur le marbre & placée
fur le tombeau de celle qu'ils pleuraient. Dans cette

épitaphe, que je donne auffi dans l'Appendice, il repro-
duit avec quelques développements toutes les louanges
que Rouxel donne à fa nièce, puis il touche avec discré-
tion aux bruits auxquels fa mort avait donné lieu.

Vauquelin paya fans doute auffi fon tribut poétique
dans cette funèbre circonftance, mais on n'en trouve aucune trace dans fes œuvres. Il eft cependant certain qu'il
célébra Geneviève, car, dans la pièce intitulée *Manes*,
Rouxel place dans la bouche de fa nièce les vers fuivants :

> *Atqui nulla meum filebit ætas*
> *Nomen, donec erunt nouem Sorores,*
> *Donec Fraxineus legetur, vnus*
> *Inftar Fraxineus nouem Sororum*
> *Qui me non finit interire totam.*

Chofe affez digne de remarque, Vauquelin, qui, dans
fes recueils poétiques, parle avec tant de complaifance de
toutes les perfonnes avec lefquelles il a été en relation,
ne nomme pas une feule fois Geneviève Rouxel.

Malherbe, qui avait eu le bonheur, dit Huet, d'avoir
Rouxel pour maître dans l'étude de l'éloquence, traduifit
l'épitaphe de Cahaignes. Ce font fes premiers effais connus :
il avait vingt ans. Malhérbe compofa une autre pièce fur
la mort de Geneviève. « Ses premiers vers, dit Tallemant
des Réaux (t. I, p. 282), font pitoyables. J'en ai vu quel-
ques-uns, & entre autres une élégie qui débute ainfi :

> *Doncques tu ne vis plus, Geneuiefue, & la mort*
> *En l'auril de tes ans te monftre fon effort, &c.*

Maucroix parle auffi de cette pièce à Boileau, en eftropiant le premier vers, le feul qu'il cite, dans une lettre datée du 23 mai 1695 (V. la *Correfpondance* entre Boileau & Broffette, publiée par Laverdet, 1858, p. 418). « Quoique Malherbe, dit-il, nous affure que les « puiffantes faveurs du Parnaffe non loin de fon berceau « commencèrent leur cours, il eft pourtant vrai qu'en « plaignant une maîtreffe morte il avait dit : *Doncques* « *tu ne vis, Geneuiefue, & la mort, &c.* Peut-être ne « favez-vous pas cette particularité que feu M. Conrart « m'a apprife. » Cette élégie eft perdue, ou du moins on ne l'a point encore retrouvée. Peut-être a-t-elle été imprimée fans nom d'auteur & gît-elle enfevelie dans quelque recueil inconnu. J'avais penfé qu'elle pourrait fe trouver dans les manufcrits de Conrart, que malheureufement je ne puis pas confulter ; j'ai recherché dans le catalogue de ce précieux recueil donné dans le *Cabinet hiftorique*, mais je n'en ai trouvé aucune indication. On a peu de chofe à regretter, dit M. Lud. Lalanne. Au point de vue poétique, c'eft poffible ; mais il ferait intéreffant de voir fi, comme l'avance Maucroix, Malherbe y parle vraiment de Geneviève comme d'une maîtreffe. On a prétendu que la première paffion qui lui infpira des vers eut pour objet une jeune & belle provençale, qu'il a quelque part appelée Nérée, anagramme fous lequel il eft aifé de retrouver ce nom de Renée fi commun en Provence.

Quoique cette préface foit déjà bien longue, je dois cependant dire encore un mot du manufcrit d'où font tirés les vers de Malherbe. Il eft écrit tout entier de la

main de Cahaignes & renferme, avec des difcours latins
fur différents fujets, ce qu'on peut appeler fes œuvres
littéraires françaifes & d'affeftion, parmi lefquelles il faut
citer une Vie de Charles IX, l'Entrée du duc d'Épernon,
celle du duc de Joyeufe, que je crois inédite, & furtout
deux compofitions dramatiques. « Ce fut le célèbre doêteur
Jacques de Cahaignes, dit l'abbé De La Rue, ancien
poffeffeur de ce manufcrit, qui le premier introduifit
chez nous les pièces régulières. Il traduifit pour cet
effet l'Avare de Plaute en 1570, & en 1580 une tra-
gédie de Jofeph. La deuxième pièce fut jouée à Caen,
en 1584, par les jeunes gens les plus marquants de la
ville, le jour même où Germain Jacques, curé de St-
Pierre, fut reçu doêteur en théologie ; c'était dans ces
temps un jour de fête que celui où l'on récompenfait
le mérite & les talents. » (*Effais hiftoriques*, t. I,
p. 202.)

Je voudrais pourtant bien dire auffi un mot & de la
maifon de Malherbe & du portrait du célèbre écrivain
que poffède la Bibliothèque de la Ville.

L'auteur d'une biographie de Malherbe, M. A. de La
Tour, fe trouvait à Caen au mois de feptembre 1833 ;
il n'oublia pas de vifiter la maifon de Malherbe : « Cette
« maifon eft un de nos tréfors, lui dit un amateur du
« pays ; mais au premier jour nous la verrons démolie :
« elle gêne l'alignement de la rue. »

La maifon de Malherbe n'eft pas encore démolie, mais
elle eft toujours fous le coup de l'alignement, & un jour
ou l'autre on la verra tomber. Elle a été deffinée déjà
plufieurs fois.

Quant au portrait de la Bibliothèque, il me paraît mériter d'être particulièrement fignalé.

Après avoir mentionné les deux portraits de Finfunius & de Dumonftier, M. Lud. Lalanne ajoute : « Enfin il exifte à la Bibliothèque de Caen, mais je ne puis en parler que par ouï-dire, un troifième portrait qui paraît être de la première moitié du XVIe fiècle. C'eft peut-être un des portraits dont il eft queftion dans les dernières lettres de Malherbe à fon coufin, M. de Bouillon. » Il cite le paffage d'une lettre du 21 décembre 1627, puis il continue : « Le 21 janvier fuivant, il lui renouvelait fa promeffe pour le mois de mai. L'a-t-il tenue ? Cela eft probable, & il eft fort poffible que l'un de ces portraits foit celui que l'on conferve à la Bibliothèque de Caen. »

Si M. Lalanne eût vu ce portrait, il eût fans doute émis une autre opinion. La lettre de Malherbe à M. de Bouillon eft de 1622, c'eft-à-dire de l'année même qui précéda fa mort. A cette date, Malherbe était âgé de foixante-douze ans. Or, dans le portrait en queftion, il paraît en avoir cinquante au plus. Je n'ai rien trouvé fur fon origine. Je fuppofe que c'eft celui dont parle le Père Fr. Martin dans fon *Athenæ Normannorum* & que l'on voyait dans l'ancienne Bibliothèque des Cordeliers : *Iconem ejus reperire eft in Bibliotheca FF. Minorum Cadomenfium belle depictam.*

Quoi qu'il en foit, ce portrait, qui eft inconteftablement une peinture originale, eft du plus grand prix pour la ville natale de Malherbe.

ÉPITAPHE LATINE

DE

JACQUES DE CAHAIGNES

SUR GENEVIÈVE ROUXEL

Avec la traduction, en vers français, de Malherbe.

⚜

IN REPENTINVM OBITVM INGENVÆ VIRGINIS

GENOVEFÆ RVXELIÆ.

Præcipiti *Genouefa ruit Ruxelia morte ;*
  Mortis causa latet, speciesque incognita morbi,
Sunt variæ mentes. Est qui spiracula vitæ
Credit ab ingenti mœrore occlusa fuisse ;
Hic contra, cordis generosi robur, & altum
Inuictumque malis animum cessisse dolori
Pernegat ; ille aliud fingit vulgatque per vrbem.
  Ast ego tam subitæ dirimam certamina mortis ;
Dum toto spirat Christum de pectore virgo,
Mens rapitur cœlo, corpusque abstracta relinquit ;

2

Nec remeare potest cœli dulcedine capta,
Exosa has tenebras, purœ cupidiſſima lucis.

Obiit anno 1575 die maii 27.

J. DE CAHAIGNES.

Hoc epitaphium ſic gallice reddidit Fr. Malherbe.

NAGUERE *tout à coup vn dormir œternel*
    Serra ſous le tombeau Geneuieue Rouſſel,
Et preſque ſans ſentir aucune maladie
D'vne mort impreueue à nos yeux fut rauie.
Chaſcun va diſcourant d'vn penſer incertain
Quell' eſt l'occaſion de ce treſpas ſoudain.
Les auis ſont diuers : pour oſter ce diſcord
Ie vous raconteray la cauſe de ſa mort.
Tandis que cette vierge ardentement pouſſée
D'vn feu vraiment celeſte eſleue ſa penſée
A Chriſt tant ſeulement, deſdaignant les plaiſirs
Ou le mortel aſſied ſes friuoles deſirs,
Son ame incontinent de ce corps deueſtue
D'vn vol libre & iſnel ſe hauſſa dans la nue,
Et là affriandée au nectar doucereux
Se fit, ſans retourner, citoienne des cieux
Pour iouir deformais, loing de ceſt ombre obſcure,
De la ſaincte clarté œternelle & pure.

FRANÇ. MALERBE.

APPENDICE.

I.

GVLIELMVS RVXELIVS.

Elog. 6.

Tam vtilis eft quàm mirabilis inuentio nauium, quarum fubfidio maria perambulari tranarique poffunt : inde namque per reciproca nationum longiffimis interuallis feparatarum commercia vix explicabilis redundat in humanum genus commoditas. Gulielmus Ruxelius, frater Ioannis qui victuris ingeniis fœtibus nomen fuum æternitate donavit, patris veftigiis inhærens, mercaturæ maritimæ ftudia coluit, ex quibus fidei famam thefauris

omnibus præferendam colligit, quod ipfe Ioannes hoc
Epigrammate pofteris notum effe voluit:

Nullis noftra domus titulis fe iactat auorum,
Nulla per anguftos fplendet imago lares,
Per varias genitor duxit commercia gentes,
Normanis Indos iunxit & Antipodas.
Germani patrias artes ftudiumque fequuti,
Eximium fidei promeruere decus.

Suftulit ex coniuge Gulielmum, & Genouefam; Gulielmus ab humanioribus difciplinis, ad iurifprudentiam,
cui populus maximè defert honores, proceffit, cumque
habilis ad res gerendas euafiffet, iudiciofam fcientiam
ad lites in tribunali Cadomœo iudicandas reuocauit; vir
ingenio peramœno, & huius temporis auribus accom-
modato, qui gloriam non tam ex infructuofa literarum
copia, quàm ex vtili actione in qua virtus pofita eft,
quæfiit, quæfitam reperit. Genouefa Mufarum facris
operata, Elogiis & Epitaphiis iure fuit honorata: nec
enim qui calamum in manu habent, pati debent eorum
qui literarum amore flagrarunt, memoriam occidere. Pro
mea parte hunc ei literarium tumulum confeci:

AEDITVVS.

ACCEDE, viator. Genouefa Ruxelia fub hoc faxo iacet.
Lapfus fum. Genouefæ Ruxeliæ cadauer fub hoc faxo
iacet. Volo te fcire quæ fuerit Genouefa Ruxelia, cuius
cadauer fub hoc faxo iacet. Virgo fuit oris fpecie, cultu

corporis, morum lenitate commendata. Præter artes puellares, voci neruos & neruis vocem fotiare *(fic)* docta. Affidua Gallicorum librorum lectione non mediocriter erudita. In rithmis gallicis modulandis exercitata. Nuptias quamuis honorificas auerfata. Virginei decoris nunquam oblita. In ætate florente fubita morte correpta. Satis tamen temporis ad animam Deo commendandam nacta. In hoc facello tumulata. Variis carminibus honeftata. Caufa tamen quàm quæ ab Iacobo Cahagnefio medico fuit hoc Epitaphio, quod grandiufculis literis infculptum vides explicata. *Lege.*

> *Præcipiti Genouefa ruit Ruxelia morte;*
> *Mortis caufa latet, fpeciefque incognita morbi,*
> *Sunt variæ mentes. Eft qui fpiracula vitæ*
> *Credit ab ingenti mœrore occlufa fuiffe;*
> *Hic contra, cordis generofi robur, & altum*
> *Inuictumque malis animum ceffiffe dolori*
> *Pernegat; ille aliud fingit vulgatque per vrbem.*
> *Aft ego tam fubitæ dirimam certamina mortis;*
> *Dum toto fpirat Chriftum de pectore virgo,*
> *Mens rapitur cœlo, corpufque abftracta relinquit;*
> *Nec remeare poteft cœli dulcedine capta,*
> *Exofa has tenebras, puræ cupidiffima lucis.*

Viator, hoc te volebam fcire & legere. Cœptum iter perge.

II.

D. IMMORTALIS.

GEnovefæ Ruxeliæ, virgini honeftiff. familia natæ, incredibili quadam ingenij gloria, eximia & prope diuina in poeticis, & muficis facultate, virtute, conftantia fingulari, fuauiffimis moribus, pietate fumma, liberali forma, infigni pudicitia præditæ: quæ cum annos xxiv. nata, eo vfque a nuptiis abhorreret, vt ad eas nullis amicorum precibus, nulla procorum commendatione inuitari poffet, cumque iam animum a rerum humanarum cogitatione ad cœleftis fapientiæ ftudium traduxiffet, repente venia prius delictorum petita, in matris chariffimæ complexu extremum vitæ edidit fpiritum, Ioan. Ruxelius patruus multis cum lachrymis pofuit. Id. Iunij m. d. lxxv. a Chrifto nato, vno poft ipfius virginis obitum menfe.

Vixifti Chrifto, vixifti virgo Camœnis :
Teque vetat Chriftus, teque Camœna mori.

III.

IN EIVSDEM GENOVEFÆ RVXELIÆ

OBITVM.

—

ELEGIA.

Non ego te lachrymis, nec funera carmine donem?
  O animæ nuper pars, Genouefa, meæ.
Luminibus largum ius fanguinis elicit imbrem :
  Carmina me virtus, ingeniumque rogat.
Aft dolor vt faciles lachrymas indulget amori,
  Sic prohibet verfus legibus ire fuis.
Vis hebet ingenij nimio confecta dolore,
  Et fubitis torpet mens ftupefacta malis.
O quanto melius feftæ folemnia tedæ
  Quam vitæ canerem ftamina rupta tuæ!
Proceffiffet Hymen ferto redimitus ad aram,
  Mouiffetque fuas; igne micante, faces.
Ipfa coronatis exiffes compta capillis,
  Pectine tentaffem nobiliore chelyn.
Nunc male pro thalamo tumulum cantamus, & vmbram,
  Proque tuis atras, ô Hymenæe, faces.
Stamina, fpefque fimul præcidit ferrea noftras
  Atropos, heu! noftris infidiofa bonis.

At ne fila tuæ vellent præcifa iuuentæ
    Debuerant tetricas multa mouere Deas,
Frontis honos, iuuenile decus, pergrata venustas,
    Ardua mens, virtus, multus in ore lepos.
Gratia nafcentes triplex exçeperat artus,
    Finxerat & blandis ora tenella fonis.
Certatim doɕæ tulerant tibi dona Sorores,
    Hæc dederat dono barbiton, illa lyram;
Hæc fiſtra, hæc curuæ facilem teſtudinis vfum,
    Æraque tinnitus grata fonore fui.
Plura tibi dederant, dederant quoque carmina neruis
    Iungere, fed noſter qualia Phœbus amet.
Quis, rogo, colleɕas tot in vno corpore dotes?
    Quis tot opes potuit non adamare tuas?
Quid mirum tua fi peteret connubia pubes,
    Præcipua, pubes, nobilitate proci?
Id mirum, nullo tenerum tibi peɕus amore,
    Te thalami nulla conditione capi.
Quam tu cunque toro legem nuptura dediſſes,
    Prona fuit legem turba fubire datam.
Non magis excierit cupidam certamine pubem
    Prodita fubieɕis Hippodamia rotis.
Non Atalanta magis quam fraude moratus euntem
    Hippomenes duxit, conciliante Dea.
At nulla fueras tu nubere lege parata:
    Vifum erat integra virginitate frui.
Aut tu Palladiis fallebas tempora curis,
    Aut te Pieridum follicitabat amor.
Aut etiam celebrans facri penetralia templi,
    Supplice placabas Numina fanɕa prece.

O quoties fœdus verbis affata petentes,
   Quod petitis, dixti, fœdus id alter habet :
Pectora nos Christo, Christo facrauimus annos,
   Iam nulla est nobis libera parte fides.
His insigne decus tuleras castæque, piæque :
   Mistus erat summa cum pietate pudor.
Prisca pudicitiæ sileat monimenta vetustas,
   Partibus hæc multis quo superetur, habet.
Vlta sit illatum ferro Lucretia probrum,
   Et propria nomen cæde perenne ferat :
Clœlia dum famæ, dum consulit ipsa pudori,
   Traiecto impuras fugerit amne manus :
Eluerit virgo temeratæ crimina famæ
   Claudia, virgineo crine trahente Deam :
Ipsa pudoris eras factura per arma, per amnes,
   Et factura quidem, Numine teste, fidem.
Siccine perculsa est violenti turbine fati,
   Dum viridis gaudet vere iuuenta suo ?
Sic flos vere suo, quum fouerat ante Fauoni
   Mitior aura, Noto discutiente, perit.
Flete graues casus, ô mecum flete Camœnæ,
   Vestraque nescio quid flebile plectra sonent :
Occidit illa decus, virgo Ruxelia, vestrum
   Ante decus, vestri nunc dolor illa chori.
Illa quidem moriens plectrum citharamque relinquit :
   Ista sed a dominæ funere muta silent.
Sordet ebur domina quod pertractante nitebat,
   Et squalent turpi fila canora situ.
Vixerunt tecum cantus, ô virgo, lyræque,
   Et tecum cantus, virgo, lyræque iacent.

O vos Orneides lachrymas quoque fundite Nymphæ,
 Si docto veſtras pectine mulſit aquas.
Hortule, dic, quonam cultus abiere priores?
 Dic, flos arboreis decidit vnde comis?
Anne tuæ mecum Genouefæ funera luges,
 Conſcius arcanæ qui modo mentis eras?
Sic eſt, & domina nuper qui ſtante virebas,
 Nunc quoque, cum domina morte rigente, riges.
At vos, ô vates, Heliconis gloria noſtri,
 Numine docta quibus mens agitante calet,
Pergite fatales vlciſci carmine Parcas,
 Pergite, ſunt veſtro fata petenda ſtylo.
Iuſta velut rapta pro virgine bella mouete,
 Libera iam veſtra virgo reſurget ope.
Eſt veſtrum gelidis animas reuocare ſepulchris,
 Atraque victrici ferre trophæa manu.
Hanc operam præbete mihi, præbete puellæ,
 Si qua eſt illius gratia, ſi qua mei.
Vos mihi, vos ipſi faciles iunxere Camœnæ,
 Illam communis Muſa, genuſque mihi.
Iamque meas ſupplete vices, date carmina buſto,
 Quæ dare me pietas, officiumque iubent.
Parca ſed ipſa vetat, quæ te, Genouefa, peremit,
 Ipſa etiam vitæ nunc inimica meæ.
Vita labat, languent proſtratis viribus artus,
 Iamque breues lucis ſuſpicor eſſe moras.
Quam volet ipſa tamen mecum mors inuida pugnet,
 Quam volet arbitrio ſæuiat ipſa ſuo:
Nulla vnquam ſoluent animos obliuia noſtros,
 Eripiet mihi te, me tibi nulla dies.

Quifquis in Elyfia colitur tibi valle receffus ,
  Scilicet Elyfia me quoque valle manet.
Vtque fimul miftos Manes locus vnus habebit ,
  Sic miftos cineres qui tegat vnus erit.
Amborum cineres vrnam condentur in vnam :
  Illa meos capiet, cepit vt ante tuos.
Has tantifper habe lachrymas , dum mifcear vmbræ.
  Vmbra tuæ, cineri dum cinis ipfe tuo.

IV.

EIVSDEM GENOVEFÆ MANES.

*V*Is *me perculerat repente fati,*
  Lethæufque fopor meos ocellos
Vrgebat, morior mifella, dixi :
Huc , ô mater , ades mihique quicquid
De te commerui male id remitte.
O Deus fer opem mihi vocanti,
In tuam venio fidem , manumque :
Mater chara vale , mei propinqui ,
Mellitiffimæ amiculæ valete.
Vix hæc deficiente dicta voce ,
Cum iam corporeis foluta vinclis ,
Ventis ocyor auolo per altas

Nubes, ingrediorque Cynthiæ orbem,
Mox & Mercurij plagam, ferorque .
Per tractus Veneris beatiores :
Hinc permenfa vias calentis axis,
Martis fcando fupra Iouifque fydus, .
Saturnique peto rigentis oras.
Iam vicina polo intuebar arces
Stellatas, propriorque iam tenebam,
Cum cœlum patuit mihi foluto
Sponte fornice, qua fonans Olympo
Tot flammas lyra delinit vagantes.
His hœfi regionibus, fimulque
Me fenfi radijs micare totam.
Quid verbis opus eft? recens in aftrum
Vertor, fydere non procul canoro,
Vt quæ magna mihi fuit voluptas
Dum terris agerem, fit illa Cœlo
Longe maxima : non amœniores
Hic defidero faltuum receffus.
Mi cœlum eft Helicon, iugumque Pindi,
Aut fi quos Helicone chariores
Seceffus habui, iugoue Pindi.
Nec tamen ftatuis modum dolori
Tu matercula, vos mei propinqui,
Et dulces mihi bellulæ puellæ :
Nec vero fecus ingemifcitis vos,
Quàm fi nube filentij perennis,
Tota vel lateam fpecu fepulchri.
Atqui nulla meum filebit ætas
Nomen, donec erunt nouem Sorores,

Donec Fraxineus legetur, vnus
Inftar Fraxineus nouem Sororum,
Qui me non finit interire totam.
Sed nec tota premor fpecu fepulchri,
Namque pars melior mei fuperftes,
Vel quod verius eft meum fuperftes
Tota poft tumulum, procul tenebris
Dego lucis in aureæ nitore,
Vnde fi liceat redire nolim.
Me tandem iuuat ex periculofis
Emerfiffe vadis, iuuat relicta
Ifta colluuie leuis popelli,
Miti colloquio frui Deorum.
Nafcentem iuuat hinc diem videre,
Illinc fub pedibus diem cadentem.
Iam fecura mali, moleftiæque
Terras defpicio procul iacentes,
Et me nota libens ad hæc reflecto :
Atque vt lachrymulis inanibus me
Quod defletis adhuc fero grauate,
.Sic gratas mihi pendit ille pœnas,
Gratas inferias, piaculumque,
Qui me profcidit ore virulento;
Et probro fceleratus enecauit.
Iamiam namque iuuat videre vt illum
Vltrices agitent Deæ, fuifque
Admotis facibus premunt vbique.
Non fi opprobria millies recantet,
Sint illi Furiæ minus moleftæ,
Donec ad laqueum mifer redactus

Alte pendeat, aut meum sepulchrum
Cum sese iugulauerit, cruore
Vecors imbuat, exitus sceleftum
Hic illum manet, hæc poteft vel una
Læfis victima Manibus placere,
Hæc placare poteft vel vna Manes.
Ergo fit pudor, & modus querelis,
Tantifperque mifellulis ocellis
Quæfo parcite, dum cruenta buftum
Spargat victima. Iam fat eft, volebam
Nil vos præterea, mihi perenne
Mater chara vale, mei propinqui,
Mellitiffimæ amiculæ valete.

V.

AD APOLLINEM.

Hvc ô Delie, chartulafque noftras
Quas docto cineri damus tuere.
En qui pectora clanculum momordit
Cafti plena pudoris, imbuitque
Tabe lacteolas fua papillas,
Heu, noftris inhiat minax tabellis.
Huc ô Delie, chartulafque noftras
Quas docto cineri damus tuere.

Vah, quid tela paras, quid arma tanquam
Pro Chryſeide bella ſi capeſſas,
Seu pro rupe tua, tuiſque Delphis?
Nil telis opus eſt tuis, nec arcu.
Sorex improbulus caua è latebra
Noſtris inſidias ſtruit tabellis :
Hunc tu cœde ſtylo, teraſue planta,
Qui ſic pectora clanculum momordit
Caſti plena pudoris, imbuitque
Tabe lacteolas ſua papillas,
Qui noſtris inhiat minax tabellis.
At ſi neſcio quis ferus ſepulchrum
Pytho ſuffodiat, venito tanquam
Pro Chryſeide bella ſi capeſſas,
Seu pro rupe tua, tuiſque Delphis.

Caen, imp. F. Le Blanc-Hardel.

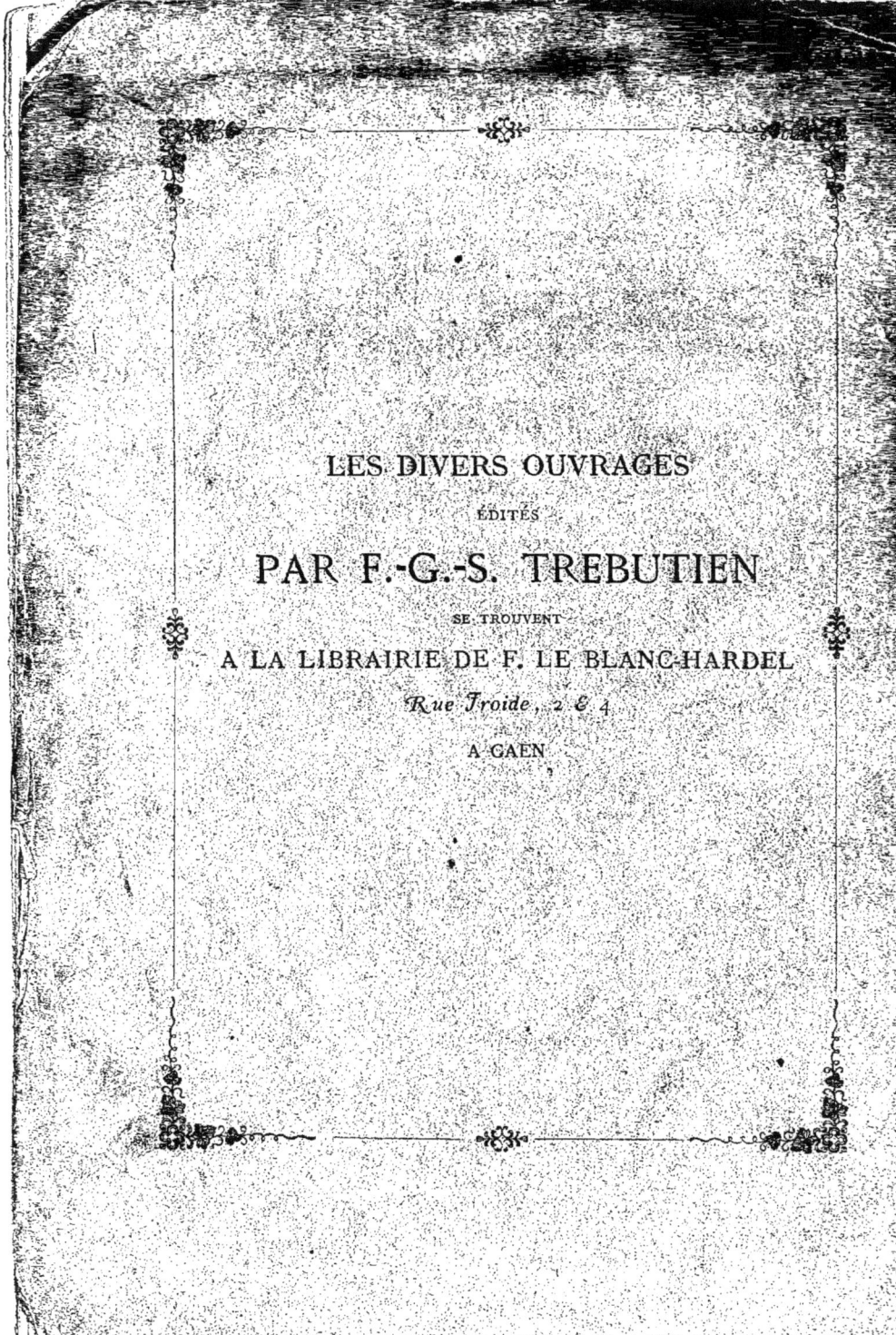

LES DIVERS OUVRAGES

ÉDITÉS

PAR F.-G.-S. TREBUTIEN

SE TROUVENT

A LA LIBRAIRIE DE F. LE BLANC-HARDEL

Rue Froide, 2 & 4

A CAEN

www.ingramcontent.com/pod-product-compliance
Lightning Source LLC
Chambersburg PA
CBHW060840180626
46818CB00004B/1520